le pays des trois sourires

Lewis Trondheim

le pays des trois sourires

L'Association

collection
éperluette

LES HÉROS NE MEURENT JAMAIS, de DUPUY & BERBERIAN.
MOINS D'UN QUART DE SECONDE POUR VIVRE, de LEWIS TRONDHEIM & J.C. MENU.
SUNNYMOON, TU ES MALADE, de BLUTCH.
ADIEU MÉLANCOLIE, de GOOSSENS.
ÉLOGE DE LA POUSSIÈRE, de BAUDOIN.
BILLET SVP, de KILLOFFER.
CONTE DÉMONIAQUE, d'ARISTOPHANE.
TERRAINS VAGUES, de BAUDOIN.
VERTE CAMPAGNE, de THIRIET.
IVAN MORVE, de MATTT KONTURE.
L'ASCENSION DU HAUT-MAL, Volumes 1, 2, 3, 4 & 5 de DAVID B.
PIXY, de MAX ANDERSSON.
LE BON ENDROIT, de VINCENT VANOLI.
LE PORTRAIT, de BAUDOIN.
L'ASSOCIATION EN ÉGYPTE, de GOLO, BAUDOIN, DAVID B & J.C. MENU.
LAMORT & CIE, de MAX ANDERSSON.
VARLOT SOLDAT, de DAENINCKX & TARDI.
ALINE ET LES AUTRES, de GUY DELISLE.
GNOGNOTTES, de J.C. MENU.
L'ASSOCIATION AU MEXIQUE, de GOBLET, VANOLI, SURY & OTT.
L'AN 01, de GÉBÉ.
MORMOL, de SARDON.
L'AFFAIRE MADAME PAUL, de JULIE DOUCET.
POLITIQUE ÉTRANGÈRE, de LEWIS TRONDHEIM & JOCHEN GERNER.
UNE PLUME POUR CLOVIS, de GÉBÉ.
ALBERT ET LES AUTRES, de GUY DELISLE.
INCERTAIN SILENCE, de FRANÇOIS AYROLES.
LE LIVRE DU MONT-VÉRITÉ, de J.C. MENU.

MOI, CE QUE J'AIME BIEN DANS LA PÊCHE, C'EST QUE C'EST CALME... ET TOI, SEKELLE?
MOI, C'EST QU'ON TUE DES POISSONS.
J'AIME BIEN LES ASSOMMER VIOLEMMENT ET LES VOIR SUFFOQUER PENDANT DES HEURES...
J'AI L'IMPRESSION D'AVOIR UN POUVOIR IMMENSE.
ET LES ASTICOTS... TU AIMES LES ACCROCHER À L'HAMEÇON ?
OUI, MAIS ILS NE CRIENT PAS ASSEZ FORT... C'EST POUR ÇA QUE J'UTILISE DES POULES MAINTENANT.
LEWIS TRONDHEIM.1

ÇA MORD PAS...
C'EST CETTE POULE QUI FAIT TROP DE BRUIT...
POUAK POUAK
POUAÄK!
TANT PIS!... J'Y VAIS DIRECTEMENT
MAIS!?... ÇA NE SE FAIT PAS!
PLOF
YÄÄRG!! JE LE TIENS!
HA HA HA QU'EST-CE QU'ON S'AMUSE!!
HA HA HA... J'AIME LA PÊCHE
JE NE COMPRENDS PAS POURQUOI ON N'Y VA PAS PLUS SOUVENT ENSEMBLE...
LEWIS TRONDHEIM-2

LEWIS TRONDHEIM-3

LEWIS TRONDHEIM-4

LEWIS TRONDHEIM-5

LE SOL S'EST ONDULÉ, LES ÉGOUTS ONT CRAQUÉ, LES MAISONS ONT VACILLÉ.
CHOUETTE ODEUR...
QUE DIT LE MAIRE ?
IL RÉPÈTE TOUJOURS LA MÊME CHOSE.
...QU'IL LUI FAUT PLUS DE CRÉDITS !
NON... UN TRUC INCOMPRÉHENSIBLE.
AÏLLAYAYA OUILLOUILLOUILLE AAARH!!!
LEWIS TRONDHEIM-6

CHERS ADMINISTRÉS, L'HEURE EST GRAVE... LE VILLAGE EST SENS DESSUS DESSOUS, IL FAUT FAIRE QUELQUE CHOSE.
ÇA, C'EST VRAI M'SIEUR LE MAIRE.
ET COMME C'EST VOUS LE MAIRE, C'EST À VOUS DE NOUS DIRE COMMENT ON VA SE SORTIR DE CETTE SITUATION.
AH...
EUH...
OUI, EN TANT QUE RESPONSABLE DE CE VILLAGE, IL M'INCOMBE DE PRENDRE MES RESPONSABILITÉS...
JE VAIS DONC APPELER MOI-MÊME LE PRÉFET POUR VOIR CE QU'IL FAUT FAIRE.
LEWIS TRONDHEIM-7

UN SI JOLI VILLAGE... QUI VA AVOIR LA SOLUTION POUR NOUS SAUVER ?
JE L'AI JE L'AI !!
J'AI RETROUVÉ MON CAFARD EN PLASTIQUE QUI ÉTAIT TOMBÉ DANS LES TOILETTES.
INCROYABLE, NON !?
LE PLUS INCROYABLE, C'EST QU'IL SOIT DEVENU VIVANT...
HA HA HA
AH... CROTTE DE ZUT ! C'EST CELUI EN PLASTIQUE QUE J'AI MANGÉ !
LEWIS TRONDHEIM-8

QU'EST-CE QU'ON VA FAIRE, MAKI? IL FAUT TROUVER UNE SOLUTION POUR SAUVER LE VILLAGE...
CETTE PUANTEUR EST ÉTOUFFANTE... ALLONS PLUS LOIN.
QU'EST-CE QU'ON VA FAIRE, ALORS?
JE N'EN SAIS RIEN... TOUT RECONSTRUIRE SANS DOUTE.
MAIS ?!... IL Y EN AURA POUR DES ANNÉES ...
ET POUR DES MILLIONS !!!...
POUR DES MILLIONS D'ANNÉES ?!... MAIS ALORS, ON N'AURA JAMAIS FINI POUR NOËL...
MON DIEU... LA SITUATION EST PIRE QUE JE NE PENSAIS...
LEWIS TRONDHEIM-9

MES CHERS ADMINISTRÉS, QUE DIS-JE... MES AMIS, MES FRÈRES...
MES COMPATRIOTES...
MES COMPAGNONS ...
MES CAMARADES ...
MES CONDISCIPLES ...
MES PARTENAIRES ...
MES AMIGOS... MES BROTHERS,... MES
WAHOU... C'EST TERRIBLE TU AS VU COMMENT IL NOUS APPELLE?
OUI... ÇA VA ÊTRE TERRIBLE.
LEWIS TRONDHEIM-10

LE PAYS TOUT ENTIER A ÉTÉ RAVAGÉ PAR CE TREMBLEMENT DE TERRE.
IL FAUDRA COMPTER UNIQUEMENT SUR NOUS-MÊMES POUR TOUT REMETTRE EN PLACE... LES AUTRES RÉGIONS SONT DANS LE MÊME DÉNUEMENT.
J'ATTENDS VOS PROPOSITIONS...
OUI?
ON POURRAIT PILLER LES BOUTIQUES, VOLER DES TÉLÉVISEURS ET DES CHAÎNES HI-FI, TUER NOS VOISINS POUR UNE BOÎTE DE CONSERVE ...
LEWIS TRONDHEIM-11

APRÈS CE TREMBLEMENT DE TERRE, JE NE VOIS QU'UNE CHOSE À FAIRE : RETROUSSER NOS MANCHES ET TOUT RECONSTRUIRE.
BROLOBROLOMBRRMBROLBROMBRLL
APRÈS CE SECOND TREMBLEMENT DE TERRE, JE NE VOIS QU'UNE CHOSE À FAIRE POUR ARRANGER LES PROBÉMES AUXQUELS JE SUIS CONFRONTÉ.
JE DÉMISSIONNE...
LEWIS TRONDHEIM-12

ÇA CREUSE L'APPÉTIT TOUS CES TREMBLEMENTS DE TERRE, NON ?
QU'EST-CE QUE J'AI PU MANGER COMME VERS...
TU EN VEUX ?... C'EST MON DERNIER.
HOPLA, NON MERCI... JE ME SOUVIENS À L'INSTANT QUE J'AI MA MAISON À RECONSTRUIRE.
HA HA HA... DES VERS...
QU'EST-CE QUE J'IRAIS PAS INVENTER POUR NE PAS PARTAGER CETTE SUCCULENTE LIMACE...
LEWIS TRONDHEIM-13

C'EST CE QUI RESTE DE TA MAISON ?
OUI...
ET TU AS PU SAUVER QUELQUE CHOSE ?
J'AI PAS ENCORE FOUILLÉ LES DÉCOMBRES.
TU DEVRAIS... IL Y A TOUJOURS DES TRUCS ESSENTIELS À RÉCUPÉRER.
AH OUI... DES VIVRES, DES COUVERTURES, DES MÉDICAMENTS DE PREMIÈRE URGENCE...
BEUH NON... LE PROGRAMME TÉLÉ...
LEWIS TRONDHEIM-14

BON... IL ME FAUT ADMETTRE QUE DE TOUT CE QUE J'AI ACCUMULÉ DEPUIS DES ANNÉES, IL NE RESTE RIEN.
UN TAS DE GRAVATS, C'EST TOUT... ET POURTANT JE VIS ET JE PUIS CONTINUER À VIVRE...
C'EST À CROIRE QUE NOTRE VRAIE RICHESSE EST INTÉRIEURE...
L'EXPÉRIENCE... LA SAGESSE... LA PURETÉ DU COEUR... LA CULTURE...
CROTTE DE BIQUE... J'AURAIS DÛ ALLER MOINS SOUVENT AU BISTROT.
LEWIS TRONDHEIM-15

TSSS... S'IL N'Y AVAIT PAS EU CES TREMBLEMENTS DE TERRE, JE DORMIRAIS TRANQUILLEMENT DANS MA MAISON.
BROLOMBRRMBR
BRMOBRRLLMBR
S'IL N'Y AVAIT PAS EU CES TREMBLEMENTS DE TERRE AVANT, JE SERAIS MORT CETTE FOIS-CI SOUS LES DÉCOMBRES DE MA MAISON...
LEWIS TRONDHEIM-16

ALORS?... TOUJOURS PAS EN TRAIN DE RECONSTRUIRE?...
RECONSTRUIRE POUR QUOI FAIRE? ...IL Y A UN TREMBLEMENT DE TERRE TOUTES LES HEURES.
MOI, POUR NE RIEN FAIRE DE SOLIDE, J'AI CREUSÉ UN TROU DANS LE SOL.
ET S'IL PLEUT?
ÇA FERA UNE PISCINE, JE FERAI PAYER L'ENTRÉE ET JE GAGNERAI PLEIN D'ARGENT.
ET AVEC L'ARGENT, TU CONSTRUIRAS UNE MAISON QUI S'ÉCROULERA.
ÉH NON!... PAS FOU... JE FERAI CREUSER UN AUTRE TROU POUR MOI.
LEWIS TRONDHEIM-17

ÉH, MAKI !! OÙ EST-CE QUE TU VAS ?
JE PARS... UN VOYAGE M'ENRICHIRA... ET D'ICI LÀ, IL N'Y AURA PEUT-ÊTRE PLUS DE TREMBLEMENTS DE TERRE.
JUSTEMENT, TU SAIS QUE LE MAIRE CHERCHE QUELQU'UN POUR EFFECTUER UN LONG VOYAGE ?
ÇA NE ME CONCERNE PAS. MOI, J'AI DÉCIDÉ D'ALLER AU BOUT DU MONDE POUR M'ENRICHIR INTÉRIEUREMENT
JUSTEMENT, IL S'AGIT D'ALLER AU BOUT DU MONDE ET LE MAIRE PAYERAIT POUR CE VOYAGE.
JE FERAI LE VOYAGE POUR MOI ET GRATUITEMENT
IL A DIT QU'IL PAYERAIT JUSQU'À 100.000 PIÈCES.
ÂÂÂRHH... J'AI HORREUR DE ME SENTIR OBLIGÉ DE FAIRE QUELQUE CHOSE QUE J'AI ENVIE DE FAIRE.
LEWIS TRONDHEIM-18

ALORS C'EST VRAI ?... TU VEUX BIEN ALLER AU BOUT DU MONDE POUR MOI ?
SI VOUS ME DITES LE BUT DE CE VOYAGE...
C'EST TOUT SIMPLE. IL S'AGIT D'Y TROUVER DIEU POUR LUI DEMANDER POURQUOI IL NOUS INFLIGE CES TREMBLEMENTS DE TERRE ET QUAND ILS CESSERONT.
DIEU !!?
DIEU !..
AÏAÏAÏE ! C'EST TRÈS EMBÊTANT...
TU AS PEUR DE RENCONTRER DIEU ?
NON... MAIS JE NE SAIS PAS CE QUE JE VAIS METTRE COMME CRAVATE.
LEWIS TRONDHEIM-19

EH BIEN, MAKI ?... IL PARAÎT QUE TU VAS RENCONTRER DIEU ?...
OUI.
MAIS QUEL DIEU ?... CELUI DES ASBOURHAS ?... CELUI DES MINETONS ?... CELUI DES FICHARROTS ?...
BÂH... EN GROS C'EST LE MÊME POUR TOUS, NON ?
QUOI !? MAIS PAS DU TOUT !!... FOU QUE TU ES... IL NE FAUT PAS DIRE CE GENRE DE BLASPHÈME.
CELUI DES ASBOURHAS A UN PANTALON COURT, CELUI DES MINETONS FAIT DU VÉLO ET CELUI DES FICHARROTS CHANTE SOUS LA DOUCHE.
LEWIS TRONDHEIM-20

ALORS?... QUELLES NOUVELLES?
JE VAIS AU BOUT DU MONDE POUR Y RENCONTRER DIEU.
WÂÂH... EXTRA. ET TU PARS QUAND?
MAINTENANT, LE VOYAGE VA ÊTRE LONG.
WÂÂÂH... C'EST UNE BONNE NOUVELLE ÇA...
ÇA OUI... TU IMAGINES, RENCONTRER DIEU !? SI TU ES ENTHOUSIASTE, TU PEUX M'ACCOMPAGNER.
NON, JE VEUX DIRE, JE PEUX RÉCUPÉRER TOUS LES MEUBLES QUI TRAÎNENT DANS LES DÉCOMBRES DE TA MAISON, ALORS?
KRIS TRONDHEIM-21

EH BIEN, AU REVOIR, CHER VILLAGE... LE SORT EN EST JETÉ. JE VAIS TE TOURNER LE DOS ET PEUT-ÊTRE NE PLUS JAMAIS TE REVOIR.
DÉJÀ TON IMAGE S'EFFACE DE MA RÉTINE... JE M'IMAGINE AGONISANT TRÈS LOIN D'ICI ET JE NE ME SOUVIENDRAI PLUS DE TOI
DES MOIS, DES ANNÉES, DES SIÈCLES SANS FRÔLER UNE SEULE DE TES PIERRES. MON COEUR EST TRISTE À CETTE PENSÉE MAIS ON NE PEUT PAS LUTTER CONTRE SON DESTIN.
ZUT... J'AI OUBLIÉ DE ME PRENDRE DES TRUCS À BOUFFER.
KRIS TRONDHEIM-22

BON, PETIT 1) ALLER AU BOUT DU MONDE. PETIT 2) TROUVER DIEU. PETIT 3) LUI DEMANDER QUAND CES TREMBLEMENTS DE TERRE CESSERONT.
PETIT 4) REVENIR ET DIRE SA RÉPONSE AUX AUTRES.
PETIT 5) RECEVOIR MA RÉCOMPENSE.
PETIT 6) VIVRE LE RESTE DE MES JOURS EN PENSANT QUE JE N'AI PAS POSÉ LA BONNE QUESTION À DIEU...
KRIS TRONDHEIM-23

J'AI L'IMPRESSION QUE QUELQU'UN ME SUIT...
WOHOOOO!!! VOUS POUVEZ ME SUIVRE MAIS JE N'AI PAS PEUR DE VOUS !
HA HA HA HA HA
IL N'ÉTAIT PAS OBLIGÉ DE ME CROIRE MAIS IL AURAIT PU ÊTRE MOINS BLESSANT.
LEWIS TRONDHEIM·24

BON... VOUS ARRÊTEZ DE ME SUIVRE SINON JE...
EUH... JE...
HUM...
SINON JE ME METS EN COLÈRE... ET JE SUIS UN IMPULSIF, VOUS SAVEZ...
LEWIS TRONDHEIM·25

JE FERAIS MIEUX DE DORMIR DANS UN ARBRE... AVEC CE TYPE QUI ME SUIT, ON NE SAIT JAMAIS.
FAUT TOUJOURS SE MÉFIER DES ÉTRANGERS.
OUSTE!! PAS D'INCONNUS ICI! PAS CONFIANCE!
NÔH, L'AUTRE... LA MENTALITÉ...
LEWIS TRONDHEIM·26

JE NE SAIS PAS QUI ME SUIT MAIS CETTE FOIS, J'EN AURAI LE COEUR NET...
SEKELLE!!
ALORS C'EST TOI QUI ME SUIVAIS! TU ES COMPLÈTEMENT IRRESPONSABLE!
TU M'AS FICHU LA TROUILLE AVEC TON RIRE TOUT À L'HEURE!
TU POURRAIS RÉFLECHIR DEUX SECONDES AVANT DE FAIRE N'IMPORTE QUOI!...
TON ATTITUDE IRRÉFLÉCHIE M'INDIGNE!
HA HA HA HA HA
LEWIS TRONDHEIM·27

C'EST QUI CE TYPE QUI TE SUIT?
AUCUNE IDÉE. JE N'AI JAMAIS PU LE VOIR.
IL FAUDRAIT UN PLAN POUR LE CHOPER
BON COURAGE... ÇA FAIT UN MOMENT QUE J'ESSAIE MAIS C'EST UN MALIN... IL FAUDRAIT ÊTRE FIN...
OK... JE M'EN CHARGE.
ÉH! DUCON! SI TU VIENS PAS ICI DANS TROIS SECONDES T'ES QU'UNE RAIE DES FESSES
LEWIS TRONDHEIM·28

ALORS, CHIFFE MOLLE! J'ATTENDS, MONTRE-TOI!! SORS DE TA CACHETTE, TAS DE PURIN!...
PEUT-ÊTRE SERAIT-IL PLUS EFFICACE D'ÊTRE UN PEU PLUS DIPLOMATE...
...S'IL TE PLAIT.
LEWIS TRONDHEIM·28

BÂH... QUE CE TYPE NOUS SUIVE SI ÇA LUI CHANTE... ALLONS AU BOUT DU MONDE SANS NOUS EN OCCUPER..
TU M'ACCOMPAGNES? TU N'AS PAS PEUR DE CE VOYAGE LONG ET DANGEREUX?
PEUR DE QUOI? J'Y SUIS ALLÉ ENCORE AVANT-HIER AU BOUT DU MONDE, ET IL NE M'EST RIEN ARRIVÉ.
AVANT-HIER?!! NE ME DIS PAS QUE TU AS EU LE TEMPS DE FAIRE UN ALLER-RETOUR DANS LA JOURNÉE...
EN FAIT, NON...
J'AI DÛ FAIRE DEUX ALLER-RETOUR PARCE QU'EN RENTRANT LA PREMIÈRE FOIS, JE ME SUIS APERÇU QUE J'AVAIS OUBLIÉ UN TRUC LÀ-BAS...
LEWIS TRONDHEIM-30

MAIS!? TU NE PEUX PAS AVOIR ÉTÉ DEUX FOIS DANS LA MÊME JOURNÉE AU BOUT DU MONDE... C'EST BEAUCOUP TROP LOIN. IL FAUT DES SEMAINES, DES MOIS...
PUISQUE TU ME TRAITES DE MENTEUR PRENDS TON LONG CHEMIN, MOI, JE TE MONTRE PAS LE RACCOURCI
UN RACCOURCI MON OEIL... JE SUIS SÛR QUE TU N'EN CONNAIS PAS...
ALORS ÇA T'AS TORT... J'EN CONNAIS PLEIN...
ET JE POURRAIS FACILEMENT TE LE PROUVER...
MAIS JE NE LE FERAI PAS!
LEWIS TRONDHEIM-31

BON... D'ACCORD, SEKELLE. JE TE CROIS. TU CONNAIS UN RACCOURCI POUR ALLER AU BOUT DU MONDE.
TU VEUX BIEN M'Y CONDUIRE, S'IL TE PLAIT?
ET QU'EST-CE QUE TU ME DONNERAS EN ÉCHANGE?
JE NE SAIS PAS... EUH... EUH... JE T'INVITERAI À UN SUCCULENT REPAS UNE FOIS QUE J'AURAI RECONSTRUIT MA MAISON.
NON... ÇA NE ME PARAÎT PAS ÉQUITABLE...
J'EXIGE DE VENIR UNE FOIS PAR SEMAINE MANGER TOUS LES CAFARDS DE TA MAISON ET ARRACHER LES PATTES AUX ARAIGNÉES.
C'EST BIEN PARCE QUE TU INSISTES...
LEWIS TRONDHEIM-32

DIS-DONC... SI TU AS DÉJÀ ÉTÉ AU BOUT DU MONDE, TU AS DÉJÀ DÛ RENCONTRER DIEU PUISQU'IL Y HABITE...
JAMAIS...
MAIS... EUH... EST-CE QUE TU L'AS CHERCHÉ ?
BAH... NON POUR QUOI FAIRE ?
MAIS !... POUR LUI POSER DES QUESTIONS ESSENTIELLES SUR LA VIE, LA MORT, TOUT ÇA...
AH OUAIS... CE GENRE DE TRUCS...
CE GENRE DE TRUCS ?!?... MAIS CONNAÎTRE CES RÉPONSES APAISERAIT L'ÂME ET LE CŒUR.
AH OUAIS... CE GENRE DE TRUCS AUSSI...
LEWIS TRONDHEIM.33

IL EST ENCORE LONG TON RACCOURCI ?
EUH... C'EST À DIRE QUE LÀ ON A UN PEU BIFURQUÉ. JE SUIS EN TRAIN DE SUIVRE DES TRACES POUR NOTRE DÉJEUNER.
ATTENDS... EUH... LAISSE-MOI DEVINER. C'EST UN PUTOIS ? UNE LIMACE GÉANTE ?
ÔÔH L'AUTRE ...
AH !
ÇA Y EST ! LE VOILÀ !
À LA BONNE FRITE
LEWIS TRONDHEIM.34

JE SUIS UN PETIT PEU ANGOISSÉ À L'IDÉE DE RENCONTRER BIENTÔT DIEU...
QU'EST-CE QUE TU FERAIS À MA PLACE ?...
C'EST À DIRE ?
BIN... EUH... TU T'AGENOUILLES QUAND TU LE VOIS ? TU TE METS À PLAT VENTRE ? TU BAISSES LES YEUX VERS LE SOL ? TU LUI DONNES UN PRÉSENT ?... UN CADEAU ?... UNE OBOLE ?
MMM...
OH, TOI... JE TE VOIS VENIR ...
PAS QUESTION QUE JE LUI DONNE UNE SEULE FRITE !!
LEWIS TRONDHEIM.35

ÇA Y EST ! NOUS VOILÀ ARRIVÉS !... VOICI LE BOUT DU MONDE !!
QUOI ?! TU VEUX DIRE QU'ICI, C'EST LE BOUT DU MONDE ?!!...
NON... PAS EXACTEMENT ICI TU PENSES BIEN... C'EST LÀ, JUSTE DERRIÈRE LES BUISSONS.
AH OUAIS... ÇA CHANGE COMPLÈTEMENT TOUT...
LEWIS TRONDHEIM-36

JE T'ASSURE... LE BOUT DU MONDE EST JUSTE DERRIÈRE CES BUISSONS.
BIN VOYONS... JUSTE DERRIÈRE CES BUISSONS... JE VEUX BIEN ÊTRE PENDU SI...
EUH... SEKELLE !!!
J'AI DIT PENDU... MAIS JE PENSE QUE 30 SECONDES ÇA SUFFIT, NON ?...
LEWIS TRONDHEIM-37

ARGLL... TU AS VU CE VIDE ?!
BIN OUI... SI ON TOMBE LÀ, ON CONTINUE À TOMBER POUR L'ÉTERNITÉ...
MÊME QU'ON DOIT MOURIR DE FAIM À UN MOMENT...
WAAA... L'HORREUR... MOURIR DE FAIM PENDANT L'ÉTERNITÉ, C'EST TERRIBLE...
LEWIS TRONDHEIM-38

J'AI L'IMPRESSION QUE DE LANCER DES CAILLOUX DANS L'EAU, C'EST PLUS RASSURANT QUE DANS LE VIDE INTERSTELLAIRE, NON?...
LEWIS TRONDHEIM·39

TU NE VEUX PAS VENIR VOIR LE BOUT DU MONDE DE PLUS PRÈS?... C'EST VACHEMENT IMPRESSIONNANT...
AUSSI PRÈS?.. ÇA VA PAS, NON?... DES FOIS, IL Y A DES PANS ENTIERS DE TERRE QUI S'EFFONDRENT... J'AI PAS ENVIE DE ME RETROUVER DÉGRINGOLANT DANS L'ESPACE INFINI...
POURQUOI TU NE ME L'AS PAS DIT PLUS TÔT?
JE PENSAIS QUE TU TROUVAIS ÇA COOL DE NE PAS AVOIR DE FRAIS D'OBSÈQUES.
LEWIS TRONDHEIM·40

BON... OÙ EST DIEU MAINTENANT?
ÇA FAIT UN PETIT MOMENT QU'ON EST AU BOUT DU MONDE ET ON NE L'A PAS VU ...
C'EST-À-DIRE QUE LE BOUT DU MONDE EST PLUTÔT VASTE... IL PEUT ÊTRE À DES DIZAINES OU DES CENTAINES DE KILOMÈTRES SUR LA GAUCHE...
OU SUR LA DROITE ...
ÇA VEUT DIRE QUE J'AI UNE CHANCE SUR DEUX DE CHOISIR LA BONNE DIRECTION DU PREMIER COUP...
OH... MIEUX QUE ÇA. METTONS 50%
LEWIS TRONDHEIM·41

MINCE ALORS... DE QUEL CÔTÉ PARTIR POUR TROUVER DIEU ?
SOIT À GAUCHE. SOIT À DROITE.
MERCI DU CONSEIL... COMMENT CHOISIRAIS-TU, TOI ?
PILE OU FACE
BON OK.
EUH...
COMMENT CHOISIR SI CE SERA "PILE, ON VA À GAUCHE" OU "PILE, ON VA À DROITE" ?
LEWIS TRONDHEIM-42

BON, ALLEZ... C'EST DÉCIDÉ, JE VAIS CHERCHER DIEU DE CE CÔTÉ-LÀ.
SI ÇA SE TROUVE, IL EST DE CE CÔTÉ-CI...
TU AS RAISON, ALLONS PAR LÀ.
MAIS SI ÇA SE TROUVE, IL ÉTAIT BIEN DE CE CÔTÉ-LÀ.
OUI, MIEUX VAUT RESTER SUR SA PREMIÈRE IDÉE.
MAIS RIEN NE DIT QU'IL N'EST PAS PAR LÀ...
ÂÂÂRHH... MAIS TAIS-TOI !!
MAIS SI ÇA SE TROUVE, JE PEUX T'INDIQUER LA BONNE DIRECTION.
LEWIS TRONDHEIM-43

HA HA HA
REVOILÀ L'INCONNU QUI RIT.
VIENS ! ON VA ESSAYER DE L'ATTRAPER UNE BONNE FOIS POUR TOUTES.
DIS-MOI, S'IL A UN GROS COUTEAU, TU PRÉFÉRERAS DE FAIRE TUER OU PASSER POUR UN PLEUTRE ET FAIRE DEMI-TOUR.
EUH... PFF... DIS DONC... JE SUIS DRÔLEMENT ESSOUFFLÉ.
LEWIS TRONDHEIM-44

HA HA HA
IL SE MOQUE DE NOUS PARCE QU'ON NE PEUT PAS L'ATTRAPER.
ET SI J'ARRIVAIS À L'ATTRAPER, TU ME DONNERAIS QUOI ?
EUH... DES VERS DE TERRE ?...
HOLA, L'AUTRE... TU CROIS QUE JE SUIS NÉ DE LA DERNIÈRE PLUIE ?
FAUT DIRE COMBIEN.

HA HA HA HA
FINI DE RIRE. JE VAIS T'ATTRAPER !
ZUT... IL N'EST PLUS LÀ...
IL A FICHU LE CAMP. IL NE RESTE PLUS QUE LA DÉPOUILLE D'UNE DE SES VICTIMES.
COMMENT PEUX-TU AFFIRMER QUE C'EST UNE DE SES VICTIMES ?
PARCE QUE LE SQUELETTE EST ENCORE CHAUD.

BON SANG... SI LE TYPE QUI ME SUIT EN RIANT EST UN TUEUR, MON AVENIR EST LIMITÉ.
EN PLUS, SA VICTIME NE POURRA PAS LE DÉCRIRE.
D'AUTANT PLUS QUE JE N'AI PAS ÉTÉ TUÉ !! HA HA HA HA
CE RIRE !!... MAIS !... C'EST VOUS QUI NOUS SUIVIEZ.
JE NE VOUS SUIS PAS. C'EST VOUS QUI ME PRÉCÉDEZ. HA HA HA
N'IMPORTE QUOI... CELUI QUI EST DEVANT N'EST PAS ORIENTÉ PAR CELUI QUI EST DERRIÈRE.
AH OUI ?... VOUS CROYEZ QUE CE SONT LES NUAGES QUI POUSSENT LE VENT ?...

VIENS, SEKELLE. JE N'AIME PAS LA MAUVAISE FOI DE CE TYPE.
C'EST ÇA, OUI... ET ARRÊTEZ DE ME PRÉCÉDER ...
ET EN PLUS DE ÇA, J'AI PERDU MON SAC AVEC MES PROVISIONS.
BÂH... ON TROUVERA BIEN DES PUNAISES OU DES CAFARDS À GRIGNOTER.
CERTAINEMENT PAS,.. JE VEUX LES SANDWICHS AU THON QUE JE M'ÉTAIS PRÉPARÉS.
AH ÇA... DANS CE CAS JE COMPRENDS.
PFF... ÇA M'ÉTONNERAIT QUE TOI, TU APPRÉCIES LES SANDWICHS AU THON.
BIEN SÛR QUE SI. SURTOUT S'ILS ONT EU LE TEMPS DE TRAÎNER PAR TERRE. IL DOIT Y AVOIR PLEIN DE BONS PETITS INSECTES DESSUS.
LEWIS TRONDHEIM 48

AH... VOILÀ MON SAC AVEC LES PROVISIONS.
BROLOMBROOMBOLOBRRRRRROOLOMM
HA!
GLOUPS!
TU AS LE SAC?
EUH... SI JE TE DIS NON, TU ME REMONTES QUAND MÊME?
LEWIS TRONDHEIM 49

LA VACHE... COMMENT ON VA FAIRE SANS PROVISIONS?
BÂH... ON SE NOURRIRA DES CHOSES QUE LA NATURE NOUS DONNERA.
IL EST HORS DE QUESTION QUE JE ME NOURISSE DE VERS, DE CAFARDS OU DE LIMACES.
AH BON? EUH... ET DES CROTTES DE BOUC SÉCHÉES, C'EST TRÈS NUTRITIF.
JAMAIS!! PAS DE CROTTES, PAS DE TRUCS DÉGUEUX!
PFFF... EH BIN MANGE DE L'HERBE ALORS...
TU ES COMPLÈTEMENT FOU!... LES GENS MARCHENT DESSUS AVEC LEURS CHAUSSURES.
LEWIS TRONDHEIM 50

IL FAUT ABSOLUMENT TROUVER DIEU DANS LES PLUS BREFS DÉLAIS. IL N'Y A PLUS DE PROVISIONS.
ET PUIS UN TREMBLEMENT DE TERRE PEUT NOUS FAIRE BASCULER DANS LE VIDE D'UN INSTANT À L'AUTRE.
AH BIN JUSTEMENT, C'EST PAR LÀ.
!!?
DIEU
BIN QUOI? TU NE VIENS PAS?
FRANCHEMENT... UN PANNEAU AVEC MARQUÉ DIEU AU STYLO À BILLE...
TU TROUVES PAS ÇA LOUCHE?
DIEU
COMMENT ÇA?
TSSS... TU CROIS VRAIMENT QUE DIEU UTILISERAIT UN BIC?
DIEU
LEWIS TRONDHEIM-51

JE SAIS PAS, MOI... ON CHERCHE DIEU, Y'A UN PANNEAU AVEC MARQUÉ DIEU PAR LÀ, ALORS ON VA PAR LÀ, NON?
TU TROUVES PAS ÇA UN PEU SIMPLE?
DIEU
BIN... SI ON CHERCHE DIEU ET QU'IL Y A UN PANNEAU AVEC MARQUÉ DIEU PAR LÀ ALORS ON VA PAR LÀ, NON?
OUI... J'AI COMPRIS. MAIS TU NE TROUVES PAS ÇA UN PEU SIMPLE?
DIEU
JE SAIS PAS... SI ON CHERCHE DIEU ET QU'IL Y A UN PANNEAU AVEC MARQ
AAAARHH!!! MAIS C'EST TROP ÉVIDENT, TU NE VOIS PAS QUE C'EST TROP SIMPLE?
DIEU
AH?... TU VEUX ALLER DE L'AUTRE CÔTÉ ALORS?
HUM... NON. CE SERAIT TROP SIMPLE AUSSI.
DIEU
LEWIS TRONDHEIM-52

BON... LE PANNEAU DIT D'ALLER LÀ. POUR TROUVER DIEU.
DIEU
MAIS MON INSTINCT ME DIT DE NE PAS ALLER DANS LA DIRECTION DU PANNEAU.
DIEU
QU'EST-CE QUE TU EN PENSES? VAUT-IL MIEUX SE FIER À SON INSTINCT OU À UN PANNEAU?
DIEU
M'EN FOUS, MOI MON INSTINCT ME DIT DE SUIVRE LE PANNEAU.
DIEU
LEWIS TRONDHEIM-53

AHHRRR... SATANÉ PANNEAU! S'IL N'ÉTAIT PAS LÀ, JE NE DOUTERAIS PAS AUTANT SUR LE CHEMIN À SUIVRE POUR TROUVER DIEU!
DIEU
CROUIK
DIEU
DIEU
DIEU EST UNE FOURMI.
DIEU
LEWIS TRONDHEIM-54

OH... MAIS IL Y A UN TROU.
DIEU
PEUT-ÊTRE QU'IL Y A DIEU DEDANS?
ET SI EN DONNANT MON COUP DE PIED LE PANNEAU AVAIT INDIQUÉ LE CIEL, ON Y TROUVERAIT DIEU PEUT-ÊTRE?
DIEU
OH... UNE GALERIE
...AVEC UNE PORTE AU BOUT!
OUAIS... BIEN SÛR. ET C'EST CHEZ DIEU PENDANT QUE TU Y ES
DIEU
BIN OUI... Y'A SON NOM INSCRIT SUR LE PAILLASSON.
DIEU
LEWIS TRONDHEIM-55

TU ES SÛR QUE DIEU HABITE LÀ?
OUI. Y'A MÊME SON NOM SUR LA SONNETTE... J'APPUIE?
WHOULA! NON!! ATTENDS!... T'ES FOU, EUH...
DIEU
IL FAUT RÉFLÉCHIR, LÀ. ON NE RENTRE PAS CHEZ DIEU COMME ÇA.
AH? JE SONNE PAS? JE FRAPPE ALORS?
DIEU
NON, JE VEUX DIRE... IL FAUT SE PRÉPARER INTÉRIEUREMENT, RÉUSSIR À FAIRE LE VIDE EN SOI.
AH D'ACCORD... TU AS UNE FAÇON DE T'EXPRIMER, TOI, POUR DIRE QUE TU VEUX FAIRE PIPI...
DIEU
LEWIS TRONDHEIM-56

LEWIS TRONDHEIM - 57

LEWIS TRONDHEIM - 58

LEWIS TRONDHEIM - 59

AH... ÇA Y EST... TE VOILÀ.
L'IDÉE D'ÊTRE CHEZ DIEU SANS SON AUTORISATION ME GLACE L'ESTOMAC.
PFF... REGARDE TOUS LES GÂTEAUX, C'EST GÉNIAL, NON?
MAIS!! T'AS PAS LE DROIT D'EN MANGER! C'EST PAS À TOI... ARRÊTE DE TE BÂFRER!
JE LES MANGE PARCE QUE DIEU LES A SPÉCIALEMENT PRÉPARÉS POUR MOI.
J'AI JAMAIS ENTENDU UNE EXPLICATION AUSSI VASEUSE.
REGARDE... GÂTEAUX AUX MOUCHES, BISCUITS DE VERS SÉCHÉS, GÂTEAUX AUX POUX...
J'AI JAMAIS ENTENDU UNE EXPLICATION AUSSI LIMPIDE.
LEWIS TRONDHEIM-60

SI DIEU SAVAIT QU'ON ALLAIT VENIR CHEZ LUI, POURQUOI N'EST-IL PAS ICI À NOTRE ARRIVÉE?
CH'AIS PAS.
BON... FAUT QUE J'AILLE AUX TOILETTES.
C'EST TOUT DE MÊME CURIEUX.
MERCI
?
POURQUOI AS-TU DIT MERCI?...
C'EST LE TYPE DANS LA SALLE DE BAINS QUI M'A DONNÉ UNE SERVIETTE.
UN TYPE DANS LA SALLE DE BAINS? MAIS C'EST DIEU ALORS!!
AH?... JE PENSAIS QUE C'ÉTAIT UN LARBIN ET JE LUI AI DONNÉ UNE PIÈCE.
LEWIS TRONDHEIM-61

BON... PLUS LA PEINE DE RECULER. SI DIEU EST DANS LA SALLE DE BAINS, JE VAIS Y ALLER AUSSI POUR LE SALUER.
ATTENTION À SON PHYSIQUE.
EUH?... IL RESSEMBLE À QUOI?
À UN PLAT DE SPAGHETTIS.
AH? OK.
JE T'AVAIS PRÉVENU, NON?
TU N'AVAIS PAS DIT SPAGHETTIS "BOLOGNAISE".
LEWIS TRONDHEIM-62

EUH... BONJOUR DIEU.
BONJOUR.
JE SAIS QUE TU VOUDRAIS QUE JE TE DISE QUAND CESSERONT LES TREMBLEMENTS DE TERRE, MAIS JE NE PEUX RIEN FAIRE... UN ÊTRE MALÉFIQUE M'A MIS DANS L'ÉTAT DANS LEQUEL TU ME TROUVES.
AH ?...
VOUS VOULEZ DIRE QU'IL Y A DES GENS PLUS FORTS QUE VOUS ?
OUI... ET CE SONT EUX QUI PROVOQUENT LES TREMBLEMENTS DE TERRE.
VOUS VOUS Y ÊTES PEUT-ÊTRE MAL PRIS ?... VOUS AVEZ ESSAYÉ EN LES PINÇANT FORT ET EN LEUR TIRANT LES CHEVEUX ?...
LEWIS TRONDHEIM 63

BROU
HOLA !... ENCORE UN TREMBLEMENT DE TERRE !
MMBRR
BON SANG... VOTRE SALLE DE BAINS EST PARTIE EN MORCEAUX...
À LA PROCHAINE SECOUSSE, C'EST NOUS QUI SERONS EXPÉDIÉS DANS LE NÉANT.
MAIS COMME VOUS ÊTES DIEU, VOUS ALLEZ TROUVER LA SOLUTION MIRACLE POUR NOUS SAUVER.
EUH... OUI... EUH, ALORS, CE QUE JE PRÉCONISE C'EST DE PARTIR D'ICI EN QUATRIÈME VITESSE !!
LEWIS TRONDHEIM 64

BROLOMBRRBROOMBROU
CA S'ÉCROULE TOUJOURS DERRIÈRE NOUS ?
SI TU CROIS QUE J'AI 1/2 SECONDE À PERDRE EN REGARDANT DERRIÈRE.
BROMMBRRR
QU'EST-CE QUE TU PARIES QUE JE M'ARRÊTE POUR ME RETOURNER D'ICI TROIS SECONDES ET VOIR S'IL N'Y A PLUS DE DANGER ?
QU'EST-CE QUE TU PARIES QUE JE CONTINUE À COURIR PENDANT PLUSIEURS JOURS SAUF SI JE T'ENTENDS TE MOQUER DE MOI DANS 3 SECONDES ?
LEWIS TRONDHEIM-65

Si même vous, Dieu, ne pouvez rien faire contre ces séismes, comment va-t-on s'en sortir ?
J'ai été scindé en 3 parties, il faudrait retrouver mes deux autres doubles pour que je puisse recouvrer tous mes pouvoirs.
Deux autres comme vous ? Mais on en a pour des mois, des années...
Il le faut. C'est notre avenir à tous qui est en jeu.
Vous voulez dire que...
Que tout cet espace sur lequel nous vivons va s'effriter peu à peu jusqu'à ce qu'il ne reste plus rien.
HAAA.. Vous m'avez fait peur... J'ai cru qu'il allait y avoir des licenciements au village et que j'allais me retrouver au chômage.
Lewis Trondheim-66

Euh... Dieu... vos deux autres doubles vivaient également au bord du monde ?... C'est là qu'il faut chercher ?
Je n'ai aucune idée sur l'endroit où ils peuvent se trouver.
Le mieux serait peut-être de retourner au village pour que tous les autres les cherchent aussi...
Ouais... Et puis y'en a d'autres qui vous porteront parce que moi, j'en ai marre de trimbaler ce tas de bidoche !
Non mais Sekelle ! Ça ne va pas ?! Tu peux être poli, c'est à Dieu que tu parles.
Alors ça, je m'en fiche... Ça pourrait être le pape que ça serait pareil !
Lewis Trondheim 67

Tu pourrais être plus poli avec Dieu, quand même.
Oh ! Éh ! Ça va, hein ! Tu veux qu'on le trimbale à genoux aussi ?
Dieu est notre créateur à tous, nous lui devons le respect.
Blablabla bla bla
BÔÛRP !
Sekelle ! Retire-ça tout de suite et excuse-toi !
Dieu mange des crotte de chien.
PRFFTTT !
Excusez-le, Dieu. Il n'a aucun sens du respect et de la tolérance.
Je m'en fiche. C'est celui qui le dit qui y est !
Lewis Trondheim 68

DIEU SUCE DES OEUFS POURRIS!
EUH... TOI-MÊME.
DIEU MANGE SES CROTTES DE NEZ.
DIEU PARLE AVEC SES FESSES.
EUH... ET TOI, TU LÈCHES TON SLIP.
WOH... L'AUTRE, ÉH! COMMENT VOUS LE SAVEZ?
LEWIS TRONDHEIM-69

VOILÀ LE VILLAGE.
HÉ! MAKI! TE VOILÀ DÉJÀ DE RETOUR.
OUI. AVEC SEKELLE, ON A TROUVÉ DIEU ET ON L'A MÊME RAMENÉ ICI.
HEIN? LE PLAT DE MACARONIS, LÀ?
DE SPAGHETTIS.
ON DIRAIT PLUTÔT DES TORTELLINIS, NON?
DES SPAGHETTIS.
DES MACARONIS
PENNE RIGATE AL CARBONARA...
DES LASAGNES
SI VOUS POUVIEZ ARRÊTER DE ME FIXER COMME ÇA EN ME DONNANT DES NOMS DE PÂTES JUSTE AVANT LE DÎNER, ÇA ME RASSURERAIT.
LEWIS TRONDHEIM-70

MONSIEUR LE MAIRE, VOICI DIEU.
CHERS ADMINISTRÉS, CECI EST UN GRAND JOUR POUR NOTRE VILLAGE CAR C'EST UN JOUR DE GRAND BOULVERSEMENT.
J'ABOLIS LA LOI SELON LAQUELLE LE MAIRE DOIT FAIRE LA BISE À UN NOUVEL ARRIVANT.
LEWIS TRONDHEIM-71

BON,,, ALORS, MAKI ? QU'EST-CE QUE TU VEUX QU'ON FASSE AVEC TON DIEU QUI N'EST MÊME PAS ENTIER.
IL FAUT RETROUVER SES DEUX AUTRES DOUBLES ET IL RECOUVRERA SA PUISSANCE.
ET APRÈS, CE SERA LA FIN DES TREMBLEMENTS DE TERRE ?
NON. APRÈS, IL FAUDRA SE BATTRE CONTRE LES MÉCHANTS QUI PROVOQUENT LES SÉISMES.
OUI, MAIS AVEC DIEU À NOS CÔTÉS, CE SERA DU GÂTEAU.
SAUF QUE CE SONT LES TYPES QUI PROVOQUENT LES SÉISMES QUI ONT RÉUSSI À METTRE DIEU DANS CET ÉTAT.
QUOI !? LES TYPES CONTRE LESQUELS ON DOIT SE BATTRE ONT ÉTÉ CAPABLES DE RATATINER DIEU !?!
ILS M'ONT EU PAR SURPRISE. JE REFAISAIS MON LACET.
LEWIS TRONDHEIM 72

BON, ALORS IL FAUT TROUVER LES DOUBLES DE DIEU, ILS PEUVENT ÊTRE N'IMPORTE OÙ.
OK. TRÈS BIEN... EN TANT QUE MAIRE JE ME CHARGE DE LA RÉPARTION.
ALORS TOI, TU VAS REGARDER AUTOUR DES PALMIERS, LÀ-BAS... TOI, TU REGARDES DANS LES RUINES DERRIÈRE ET TOI TU VAS VOIR DANS LA RUE PRINCIPALE. MOI, J'INSPECTE ICI, AUTOUR DE MOI.
MAIS...
C'EST PAS DANS LE VILLAGE QU'IL FAUT REGARDER, C'EST PARTOUT AILLEURS, LE MONDE EST VASTE.
HA D'ACCORD...
ALORS TOI, TU INSPECTES LE CHAMP DU PÈRE BAGEAUTTE ET TOI AUTOUR DE L'ENCLOS À MARGUERITES.
LEWIS TRONDHEIM 73

ON EST MAL BARRÉS POUR TROUVER VOS AUTRES DOUBLES.
LE MONDE EST VASTE ET NOUS SOMMES TROP PEU NOMBREUX.
ÇA Y EST ! J'EN AI TROUVÉ UN !!
NON. C'EST UN SERPENT.
HA. VENIMEUX ?
AÏE AÏE AÏE... NE ME DIS PAS QU'IL T'A MORDU !
NON. C'EST MOI QUI EN AI MANGÉ UN BOUT.
LEWIS TRONDHEIM 74

BROLOM
BRR
LES SÉISMES CONTINUENT ET NOUS N'AVONS QUASIMENT AUCUNE CHANCE DE TROUVER VOS AUTRES MORCEAUX...
HA HA HA
LE SQUELETTE! ENCORE VOUS?!
ALORS? VOUS M'AVEZ ENCORE PRÉCÉDÉ, VOUS ÊTES ARRIVÉ AVANT MOI. COPIEUR! HA HA HA.
JE VOUS CONSEILLE DE FICHE LE CAMP. JE N'AIME PAS VOTRE HUMOUR.
CE N'EST PAS VOUS QUI N'AIMEZ PAS MON HUMOUR, C'EST MON HUMOUR QUI NE VOUS APPRÉCIE PAS...
JE NE SAIS PAS CE QUI ME RETIENT DE VOUS FLANQUER UN COUP DE PIED AUX FESSES...
PARCE QUE JE N'EN AI PAS! HA HA HA.
Lewis Trondheim-75

ALLEZ! FICHEZ LE CAMP! JE SUIS AVEC DIEU, ON A UNE AFFAIRE TRÈS IMPORTANTE À RÉGLER.
JE SAIS, MOI AUSSI. JE VOULAIS DIRE À MES ANCIENS ORGANES QUE J'ÉTAIS BIEN CONTENT QU'ON NOUS AIT SÉPARÉ, DEPUIS JE N'AI PLUS DE PROBLÈME DE CONSCIENCE NI DE DIGESTION.
ALLEZ CIAO!
MAIS ?... ALORS ?!... C'EST LUI QUI AURAIT ÉTÉ UNE PARTIE DE VOUS?
IL FAUT LE CROIRE...
HA HA HA
HEP! REVENEZ! IL FAUT QUE VOUS VOUS UNISSIEZ À NOUVEAU POUR RÉCUPÉRER VOS POUVOIR ET SAUVER LE MONDE!...
RIEN À FAIRE, JE NE VEUX PLUS DE PROBLÈMES DIGESTIFS.
MAIS CE MONDE, C'EST VOTRE MONDE, C'EST VOUS QUI L'AVEZ CRÉÉ. VOUS NE POUVEZ PAS LE LAISSER SE FAIRE DÉTRUIRE POUR DES PROBLÈMES DIGESTIFS!!
BIEN SÛR QUE SI. JE DÉTESTE TOUS CES PETITS GARGOUILLIS MESQUINS QUAND J'AI FAIM.
Lewis Trondheim-76

ÇA Y EST? TU AS CONVAINCU MON SQUELETTE DE REVENIR?
AVEC DES ARGUMENTS FRAPPANTS.
TRÈS BIEN. APPROCHE-LE, JE VAIS ESSAYER DE RENTRER DEDANS.
EXTRA! TOUT TIENT!
FORMIDABLE! DEPUIS LE TEMPS QUE J'ATTENDAIS ÇA !!
OUI, VOUS ALLEZ POUVOIR SAUVER LE MONDE MAINTENANT.
NON. JE VAIS ENFIN POUVOIR ME GRATTER LE COIN DE L'ŒIL QUI ME DÉMANGEAIT DEPUIS DEUX ANS.
Lewis Trondheim-77

C'EST BIEN... ON A ASSEMBLÉ MON SQUELETTE ET MES ORGANES, SI ON EST LOGIQUE, IL MANQUE ENCORE MA PEAU POUR TOUT TENIR.
AH OUI... VOUS AVEZ UNE IDÉE DE COMMENT ELLE ÉTAIT ?
NON... MAIS J'IMAGINE QU'ELLE DEVRAIT ÊTRE UN PEU ESQUINTÉE VU QU'ON A ENLEVÉ TOUT CE QU'IL Y AVAIT DEDANS...
ALORS ? ÇA AVANCE ?
OUI, OUI...
JE SUIS PASSÉ DANS UN ESPACE-TEMPS D'IMMOBILITÉ ABSOLUE OU BIEN VOUS MIMEZ LA VIE D'UN CAILLOU ?
LEWIS TRONDHEIM 78

SI JE COMPRENDS BIEN VOUS VOULEZ ME FAIRE CROIRE QUE DIEU A ÉTÉ SÉPARÉ EN TROIS : ORGANES, SQUELETTE ET PEAU ET QUE MOI, JE SUIS LA PEAU DE DIEU.
OUI.
ET VOUS VOUDRIEZ ME CHARCUTER DE NOUVEAU POUR VOUS REMETTRE EN MOI.
OUI.
MAIS SI JE NE SUIS PAS LA PEAU DE DIEU, VOUS ALLEZ ME CHARCUTER ET JE VAIS MOURIR POUR RIEN.
MAIS NON...
VOUS NE MOURREZ PAS POUR RIEN PUISQU'ON SE SERA DÉJÀ BIEN AMUSÉS À VOUS CHARCUTER.
LEWIS TRONDHEIM 79

C'EST HORS DE QUESTION ! MÊME SI JE SUIS LA PEAU DE DIEU, JE NE VOUS LAISSERAI PAS RÉINTÉGRER MON INTÉRIEUR POUR REDEVENIR ENTIER.
♪
NON ! LÂCHEZ-MOI !
HOP !
GLUB
ALORS ?... ÇA FAIT QUOI DE REDEVENIR UN DIEU ENTIER APRÈS DEUX ANS DE SÉPARATION ?
MINCE... ÇA ME FAIT PENSER QUE J'AI OMIS DE REMPLIR DEUX ANS DE DÉCLARATIONS D'IMPÔT ALORS.
LEWIS TRONDHEIM 80

MONSIEUR LE MAIRE! ÇA Y EST, REGARDEZ! DIEU EST EN ENTIER.
AH OUI? ET IL PEUT NOUS PROUVER QU'IL EST DIEU MAINTENANT?
AH OUI... C'EST VRAI ÇA... VOUS POUVEZ NOUS PROUVER QUE VOUS ÊTES VRAIMENT DIEU?
VOUS VOULEZ UN MIRACLE, C'EST ÇA?
OUI.
ALORS CONSIDÉREZ QUE Ç'EN EST UN QUE JE NE ME FÂCHE PAS DEVANT TANT D'INCRÉDULITÉ.
LEWIS TRONDHEIM-81

MAINTENANT QUE VOUS ÊTES REDEVENU ENTIER, ON VA POUVOIR SAUVER LE MONDE.
C'EST PRESQUE SANS ESPOIR, CEUX QUI VEULENT LE DÉTRUIRE SONT PLUS FORTS QUE MOI.
MAIS ALORS, DIEU, QU'EST-CE QU'ON PEUT FAIRE?
RAISONNER DES BRUTES ABJECTES ET SANS SCRUPULES POUR LES FAIRE CHANGER D'AVIS.
OUI, C'EST SÛREMENT FAISABLE... VOUS AVEZ RAISON...
ON VA LEUR MONTRER QUE NOUS SOMMES DES ÊTRES VIVANTS COMME EUX.
NOTRE FOI POURRA TOUCHER L'AMOUR QUI EST ENFOUI QUELQUE PART EN EUX.
EUH... JE PENSAIS PLUTÔT LES PAYER TRÈS GRASSEMENT.
LEWIS TRONDHEIM-82

ALLEZ TOUT LE MONDE, VENEZ! ON VA VOIR CEUX QUI SONT RESPONSABLES DES TREMBLEMENTS DE TERRE ET ON VA LES CONVAINCRE D'ARRÊTER.
ET S'ILS NE VEULENT PAS?
ON LES TAPE.
ET S'ILS NOUS TAPENT PLUS FORT?
ON LEUR DONNE TOUT NOTRE ARGENT.
ET S'ILS VEULENT PLUS D'ARGENT ENCORE?
ON PROVOQUE UNE DÉVALUATION, IL Y AURA UN AFFLUX DE DEVISES PAR LE COMMERCE EXTÉRIEUR ET VOILÀ, ON AURA PLUS D'ARGENT.
LEWIS TRONDHEIM-83

VOUS CROYEZ QUE NOUS ALLONS POUVOIR NOUS ENTENDRE AVEC CES BRUTES SANGUINAIRES ?
POURQUOI PAS ? ET PUIS TU ES LE MAIRE, TU ES FORT EN MÉDIATION ET EN DIPLOMATIE.
OUI... MAIS QUE ME RESTE-T-IL FACE À DES BRUTES SANGUINAIRES ?
LA FORCE DE PERSUASION...
ET S'ILS ME COUPENT LA LANGUE AVANT ?
NON... ILS NE LE FERONT PAS.
HAAA...
LES CONNAISSANT, ILS PRÉFÉRERONT REMPLIR TA BOUCHE AVEC TES PROPRES ENTRAILLES, DU MIEL ET DES FOURMIS VERTES.
LEWIS TRONDHEIM 86

IL FAUDRAIT PEUT-ÊTRE UN PLAN D'ATTAQUE... QU'EST CE QUE VOUS AVEZ COMME ARMES ?
EUH...
ON N'A JAMAIS ÉTÉ ARMÉS... MAIS BON, ON POURRAIT PEUT-ÊTRE RAMASSER DES CAILLOUX ET DES BÂTONS.
JE NE PENSE PAS QUE CELA SUFFISE CONTRE DES BRUTES FÉROCES.
ON PEUT FAIRE DES BOMBES À EAU AVEC DES FEUILLES...
IL FAUDRAIT QUELQUE CHOSE DE TERRIFIANT.
ON PEUT LEUR PARLER DES STATISTIQUES DE CROISSANCE DES NOUVELLES MALADIES ENCORE INCONNUES IL Y A 20 ANS...
LEWIS TRONDHEIM 85

JE CROIS QUE JE VAIS FAIRE DEMI-TOUR ET REVENIR AU VILLAGE... IL ME MANQUE DÉJÀ TANT, VOUS COMPRENEZ...
CE N'EST PAS QUE J'AI PEUR... OH NON... MAIS... EUH...
BROOMBRROLOM
RRRBRRRRRRR
KRRKRRAK
VOTRE VILLAGE EST EN TRAIN DE TOMBER DANS LE NÉANT. IL EST POUR L'INSTANT À TROIS KILOMÈTRES EN CONTREBAS SI TU SAUTES TOUT DE SUITE, TU LE REJOINDRAS PEUT-ÊTRE DANS QUATRE MILLIONS D'ANNÉES.
LEWIS TRONDHEIM 86

PLUS ON AVANCE, PLUS NOTRE MONDE S'ÉCROULE DANS LE NÉANT DERRIÈRE NOUS.
TOUS CES SOUVENIRS, TOUS CES LIEUX DISPARUS À JAMAIS.
À QUI LE DIS-TU. N'OUBLIE PAS QUE C'EST MOI QUI AI CRÉÉ CE MONDE...
LA PETITE FONTAINE DANS LAQUELLE J'AI APPRIS À NAGER, CHAQUE CAILLOU QUE J'AI LANCÉ DANS LA RIVIÈRE...
PENSE PLUTÔT AUX MAUVAIS SOUVENIRS QUE ÇA EFFACE.
EUH...
AH OUI... LE MAUDIT POSTE DE TÉLÉ SUR LEQUEL J'AI VU PERDRE NOTRE ÉQUIPE DE FOOT EN FINALE L'ANNÉE DERNIÈRE A SOMBRÉ LUI AUSSI DANS LE NÉANT...
LEWIS TRONDHEIM-87

NOUS VOILÀ ARRIVÉS... CE SONT EUX QUI CRÉENT LES SECOUSSES QUI DÉTRUISENT NOTRE MONDE.
INCROYABLE... UN AUTRE MONDE PLAT EN BORDURE DU NÔTRE...
LA GROSSE MACHINE EST CELLE QUI PROVOQUE LES SECOUSSES, JE PARIE.
À MOINS QUE CE SOIT LA PETITE À CÔTÉ, L'UNE DES DEUX SERT DES COCKTAILS ET LA DERNIÈRE FOIS JE M'ÉTAIS TROMPÉ EN VOULANT LA SABOTER ET JE ME SUIS RETROUVÉ AVEC PLEIN DE WHISKY SUR LA TÊTE
LEWIS TRONDHEIM-88

OH OH... QUELQUE CHOSE ME DIT QU'ON VA SE RETROUVER LES MAINS SUR LA TÊTE.
ÇA, C'EST TYPIQUE DES MÉCHANTS, ILS ARRIVENT PAR DERRIÈRE SANS PRÉVENIR
ÇA, C'EST TYPIQUE AUSSI. ILS NOUS CONDUISENT À LEUR Q.G. ET ILS VONT NOUS EXPLIQUER LEURS PLANS DIABOLIQUES.
ÇA, C'EST TYPIQUE DES MÉCHANTS AUSSI... ILS ATTACHENT TOUT LE MONDE ET PARTENT RÉGLER LEURS MACHINES TANDIS QUE LES GENTILS ARRIVENT À SE LIBÉRER.
AH... ÇA C'EST TYPIQUE DES FILMS QUI SE TERMINENT MAL, LES GENTILS NE PARVIENNENT PAS À SE LIBÉRER
LEWIS TRONDHEIM-89

OH... MAIS QUE VOIS-JE LÀ ?... UNE BELLE BROCHETTE DE PETITS POUSSINS DU MONDE D'EN FACE AVEC LEUR DIEU EN PRIME.
JE CROYAIS T'AVOIR DONNÉ UNE LEÇON LA DERNIÈRE FOIS ET JE TE RETROUVE DANS MES PIEDS !?!...
JE NE VOUS LAISSERAI PAS DÉTRUIRE MON MONDE.
AH OUI ?... ET TU VAS FAIRE COMMENT ?
EN ME CONCENTRANT JE PEUX VOUS DÉSINTÉGRER
UMF
JE SUIS ENCORE ENTIER, PAPY. TU VEUX ESSAYER AUTRE CHOSE ?
OUAIS! JE PEUX CHANTER À TUE-TÊTE LE TUBE DE L'ÉTÉ DERNIER!
LEWIS TRONDHEIM 90

ALLEZ... TUE-MOI CETTE RACAILLE!
NON! ATTENDEZ! ON PEUT VOUS DONNER DE L'ARGENT!
DE L'ARGENT? COMBIEN D'ARGENT?
TOUT CE QUE L'ON POSSÈDE... DÉTACHEZ LE MAIRE IL A TOUT SUR LUI.
MAIS NON, JE N'AI RIEN.
MAIS SI.. L'ARGENT. VOUS L'AVEZ PRIS SUR VOUS MAIS IL FAUT VOUS DÉTACHER D'ABORD...
MAIS NON, J'AI RIEN.
MAIS SI!
MAIS NON.
RAÂÂHHÂH!! ESPÈCE D'IDIOT! VOUS NE COMPRENEZ RIEN À RIEN.. C'ÉTAIT UN STRATAGÈME POUR SE FAIRE DÉTACHER
SI... J'AVAIS COMPRIS MAIS J'ÉTAIS BIEN ASSIS ET JE N'AVAIS PAS ENVIE DE COURIR
LEWIS TRONDHEIM 91

ÉCOUTEZ, MONSIEUR. EN TANT QUE MAIRE ET REPRÉSENTANT DE LA LOI DE MON PAYS... J'AIMERAIS QUE VOUS M'ÉCOUTIEZ AVANT DE NOUS TUER.
CERTES, VOUS POUVEZ NOUS DÉTESTER POUR DES RAISONS QUE J'IGNORE, MAIS OUVREZ VOTRE COEUR ET PENSEZ AUX AUTRES.
LA BONTÉ, L'ALTRUISME ET LE CIVISME SONT DES VALEURS QUE VOUS NE CONNAISSEZ PAS.
ALORS JE VOUS EN SUPPLIE, TUEZ LES AUTRES SI ÇA VOUS CHANTE MAIS EN ME LAISSANT LA VIE SAUVE JE POURRAIS VOUS ENSEIGNER COMMENT MANIPULER LES FOULES GRÂCE À LEUR BON COEUR.
LEWIS TRONDHEIM 92

ALORS, MONSIEUR LE MAIRE... VOUS SERIEZ PRÊT À M'APPRENDRE COMMENT, EN USANT DE DIPLOMATIE, JE POURRAIS CONQUÉRIR LES PEUPLES.
TOUT À FAIT.
BZZZ
PLOTCH
LA PAROLE EST LA FORCE DES FAIBLES... ÇA NE M'INTÉRESSE PAS.
MOI QUI PENSAIS QUE JE SERAIS HEUREUX LE JOUR OÙ QUELQU'UN RÉUSSIRAIT À CLOUER LE BEC DU MAIRE...
LEWIS TRONDHEIM 93

TUE-LES.
YAAA!
KCHÄ!
GÉNIAL! ÇA NOUS A LIBÉRÉ. JE SAVAIS QUE VOUS AVIEZ UN PLAN.
SNIRF... ZUT! J'AI DÛ CHOPER UN RHUME EN RESTANT LES FESSES DANS L'HERBE
LEWIS TRONDHEIM 94

VITE! IL FAUT PROFITER DE NOTRE ÉVASION POUR DÉTRUIRE LEUR MACHINE.
ALLEZ! HOP!
C'EST BIZARRE... DANS LES FILMS, IL Y A TOUJOURS UN BOUTON AUTO-DESTRUCTION BIEN VISIBLE OU ALORS LE HÉROS A TOUJOURS UNE CHARGE DE DYNAMITE SUR LUI..
ON POURRAIT DONNER DES COUPS DE PIEDS FORTS.
LEWIS TRONDHEIM 95

ALERTE! LES PRISONIERS SE SONT ÉCHAPPÉS!
LA VACHE... ON VA AVOIR DU MAL À SABOTER CETTE MAUDITE MACHINE EN HUIT SECONDES ET SANS MATÉRIEL...
OUI, MAIS VOUS ÊTES DIEU. VOUS POUVEZ FAIRE QUELQUE CHOSE.
SAUF QUE JE NE SUIS PAS SUR MON MONDE, JE N'AI PAS DE POUVOIRS.
MÊME SANS POUVOIRS, VOUS SAVEZ FORCÉMENT TOUT EN CE QUI CONCERNE LA MÉCANIQUE.
AH OUI!
MAIS J'AI PAS MON BLEU DE TRAVAIL.. JE VAIS TOUT ME SALIR...
Lewis TRONDHEIM 96
ÇA NE SERT À RIEN DE VOUS ENFUIR.
ATTENTION! MAINTENANT, JE SUIS DIEU SUR MON PROPRE MONDE ET J'AI LE POUVOIR DE VOUS ANÉANTIR!!
ET MOI JE SUIS LE DIEU SUR MON PROPRE MONDE ET ÇA NE ME FAIT RIEN.
EST-CE QU'IL Y A ENCORE UN ESPOIR DE LE VOIR SUCCOMBER.
BIEN SÛR... SI C'EST L'APOCALYPSE ET LA FIN DE L'UNIVERS DANS TROIS SECONDES, ON POURRAIT LE VOIR MOURIR EN MÊME TEMPS QUE NOUS
Lewis TRONDHEIM 97
JE NE SAIS PAS SI VOUS AVEZ REMARQUÉ MAIS IL NE RESTE PLUS GRAND-CHOSE DE VOTRE MONDE.
UN TOUT PETIT GESTE SUR CETTE MACHINE ET Ç'EN SERA TERMINÉ.
MAIS POURQUOI DÉTRUISEZ-VOUS NOTRE MONDE? VOUS NE LE PILLEZ MÊME PAS.
PARCE QUE TEL EST MON BON PLAISIR ET QUE VOS BRELOQUES NE M'INTÉRESSENT PAS.
DES BRELOQUES!?... J'AVAIS UNE SUPER PAIRE DE CHAUSSETTES POUR DORMIR AVEC, L'HIVER. N'IMPORTE QUI EN AURAIT ÉTÉ JALOUX.
Lewis TRONDHEIM 98

ALLEZ... ADIEU... VOTRE MONDE N'A QUE TROP PERDURÉ.
NON!!
VOUS NE POUVEZ PAS!! PENSEZ À TOUS CES PETITS VERS DE TERRE INNOCENTS LÀ-DESSOUS!
BROOMM
RBRRRRRRRR
TU PENSAIS L'APITOYER AVEC TES VERS DE TERRE ?...
JE PENSAIS DIRE "CLOPORTES" MAIS MA LANGUE A FOURCHÉ.

SI J'ANALYSE LA SITUATION, LA JUSTICE ET LE BON DROIT SONT DE NOTRE CÔTÉ.
ALORS, ÇA NE PEUT PAS SE TERMINER MAL, HEIN?
SI?

Du Même Auteur :

PSYCHANALYSE *(Le Lézard, 1990)* MOINS D'UN QUART DE SECONDE POUR VIVRE *(avec J-C Menu, L'Association, 1990)* IMBROGLIO *(Collection Patte De Mouche, L'Association, 1992)* MONOLINGUISTES *(Le Lézard, 1992)* LE DORMEUR *(Cornélius, 1993)* SLALOMS *(L'Association, 1993)* MILDIOU *(Le Seuil, 1994)* LE CRABAR DE MAMMOUTH *(in Lapin n°7, L'Association, 1995)* NOUS SOMMES TOUS MORTS *(Avec Jean-Luc Coudray, Collection Patte De Mouche, L'Association, 1995)* BLACKTOWN *(Dargaud, 1995)* LA MOUCHE *(Le Seuil, 1995)* DIABLOTUS *(Collection Patte De Mouche, L'Association, 1995)* LES AVENTURES DE LA FIN DE L'ÉPISODE *(Avec Frank Le Gall, Collection Patte De Mouche, L'Association, 1995)* APPROXIMATIVEMENT *(Cornélius, 1995)* PROMENADE *(in «Noire est la Terre», Autrement, 1996)* PICHENETTES *(Dargaud, 1996)* WALTER *(Dargaud, 1996)* SLALOMS (*Dargaud, 1997)* NON, NON, NON *(Collection Patte De Mouche, L'Association, 1997)* LES AVENTURES DE L'UNIVERS (*Dargaud, 1997)* AMOUR & INTERIM (*Dargaud 1998)* DONJON 1 - CŒUR DE CANARD *(avec Joann Sfar, Delcourt, 1998)* GALOPINOT *(avec Mattt Konture, L'Association, 1998)* ORDINATEUR MON AMI *(Dargaud, 1998)* DONJON 2 - LE ROI DE LA BAGARRE *(avec Joann Sfar, Delcourt, 1998)* VACANCES DE PRINTEMPS *(avec Frank Le Gall, Dargaud, 1999)* MONSTRUEUX BAZAR (*Delcourt, 1999)* DONJON 101 - LE CIMETIÈRE DES DRAGONS *(avec Joann Sfar, Delcourt, 1999)* GÉNÈSES APOCALYPTIQUES *(Collection Mimolette, L'Association, 1999)* POUR DE VRAI *(Dargaud, 1999)* DONJON–99 - LA CHEMISE DE LA NUIT *(avec Joann Sfar & Christophe Blain, Delcourt, 1999)* MONSTRUEUX NOËL *(Delcourt, 1999)* DONJON 3 - LA PRINCESSE DES BARBARES *(avec Joann Sfar, Delcourt, 2000)* LES COSMONAUTES DU FUTUR *(avec Manu Larcenet, Dargaud, 2000)* MONSTRUEUX DINDON *(Delcourt, 2000)* DONJON PARADE 1 - UN DONJON DE TROP *(avec Joann Sfar & Manu Larcenet, Delcourt, 2000)* LA COULEUR DE L'ENFER *(Dargaud, 2000)* LES TROIS CHEMINS *(avec Sergio Garcia, Delcourt, 2000)* BONJOUR PETIT PÈRE NOËL *(avec Thierry Robin, Dupuis, 2000)* POLITIQUE ÉTRANGÈRE *(avec Jochen Gerner, L'Association, 2000)* GARE CENTRALE *(avec Jean-Pierre Duffour, L'Association, 2001)* VENEZIA 1 - TRIPLE JEU *(avec Fabrice Parme, Dargaud, 2001)* LE ROI CATASTROPHE 1 - ADALBERT NE MANQUE PAS D'AIR *(avec Fabrice Parme, Delcourt, 2001)* DONJON 102 - LE VOLCAN DES VAUCANSON *(avec Joann Sfar, Delcourt, 2001)* LES COSMONAUTES DU FUTUR 2 - LE RETOUR *(avec Manu Larcenet, Dargaud, 2001)* DONJON–98 - UN JUSTICIER DANS L'ENNUI *(avec Joann Sfar & Christophe Blain, Delcourt, 2001)* DONJON MONSTERS 1 - JEAN-JEAN LA TERREUR *(avec Joann Sfar & Mazan, Delcourt, 2001)* LES INEFFABLES *(L'Association, 2001)* MONSTRUEUX DINOSAURE *(Delcourt, 2001)* LE ROI CATASTROPHE 2 - ADALBERT PERD LES PÉDALES *(avec Fabrice Parme, Delcourt, 2001)* DONJON PARADE 2 - LE SAGE DU GHETTO *(avec Joann Sfar & Manu Larcenet, Delcourt, 2001)* PAPA RACONTE *(avec José Parrondo, Delcourt, 2001)* JOYEUX HALLOWEEN PETIT PÈRE NOËL *(avec Thierry Robin, Dupuis, 2001)* CYBERCULTURE MON AMOUR *(Dargaud, 2001)* DONJON MONSTERS 2 - LE GÉANT QUI PLEURE *(avec Joann Sfar & Jean-Christophe Menu, Delcourt, 2001)* LE ROI CATASTROPHE 3 - ADALBERT A TOUT POUR PLAIRE *(avec Fabrice Parme, Delcourt, 2002)* DONJON 4 - SORTILÈGE & AVATAR *(avec Joann Sfar, Delcourt, 2002)* CARNET DE BORD 1-10 DÉCEMBRE 2001 *(L'Association, 2002)* FARNIENTE *(avec Dominique Hérody, L'Association, 2002)* MISTER O *(Delcourt, 2002)* DONJON PARADE 3 - LE JOUR DES CRAPAUDS *(avec Joann Sfar & Manu Larcenet, Delcourt, 2002)* CARNET DE BORD 22-28 JANVIER & 17-27 FÉVRIER 2002 *(L'Association, 2002)...*

Seizième Volume
de la Collection Éperluette,
LE PAYS DES TROIS SOURIRES,
de Lewis Trondheim,
a été achevé de réimprimer
en avril 2002 sur les presses
de l'Imprimerie Lienhart à Aubenas.
Quatrième édition. Dépôt légal quatrième trimestre 1997.
ISBN 2-909020-86-X.